AF455354

COLLECTION

du

CHAT NOIR

"RODOLPHE SALIS"

PARIS — 1898

PARIS

CATALOGUE

DE LA

COLLECTION

DU

CHAT NOIR

"Rodolphe Salis"

DESSINS ORIGINAUX

Aquarelles

TABLEAUX

LITHOGRAPHIES. — EAUX-FORTES

par

G. AURIOL, JOSEPH BAIL, BELLY, BAC, BALLURIAU, J. BLASS
J.-L. BROWN, G. BELLENGER, CARAN D'ACHE, CHIVOT, E. COTTIN
DELAW, E. DUEZ, FAVEROT, J.-L. FORAIN, FALGUIÈRE, F. FAU
A. GANDARA, GALICE, GÉROME, GÉRARDIN, A. GILL, GODEFROY
GRASSET, GRUN, HEIDBRINCK, IBELS JOSSOT, E. LAUTREC
L. LEGRAND, LUIGI-LOIR, LUNEL, LÉANDRE, MÉRY, L. MORIN
PAGÈS, PELEZ, H. PILLE, PISSARO, A. POINT, RÉGAMEY, ROEDEL
RAFFAÉLLI, H. RIVIÈRE, ROBIDA, ROCHEGROSSE, F. ROPS, STEINLEN
SAINT-MAURICE, H. SOMM, DE STA, THOLER, TIRET-BOGNET
UZÈS, T.-P. WAGNER, A. WILLETTE, ETC.

DONT LA **VENTE APRÈS DÉCÈS** AURA LIEU

A PARIS, HOTEL DROUOT, SALLE N° 1

Les Lundi 16, Mardi 17, Mercredi 18 et Vendredi 20 Mai 1898

A DEUX HEURES ET DEMIE

PRÉFACE DE MONTORGUEIL

Me JULES GUILLET	**M. F. CUÉREL**
COMMISSAIRE-PRISEUR	PEINTRE-EXPERT
34, Rue Baudin, 34	10, Rue Eugène-Suë, 10

EXPOSITIONS

PARTICULIÈRE : Le Dimanche 15 Mai 1898, de 2 heures à 6 heures.

PUBLIQUE : Avant la Vente, les 16, 17, 18 et 20 Mai 1898, de 1 h. 1/2 à 2 h. 1/2.

Le présent catalogue servira

DE CARTE D'ENTRÉE A L'EXPOSITION PARTICULIÈRE

CONDITIONS DE LA VENTE

La vente sera faite *expressément* au comptant.

Les aquéreurs payeront en sus des adjudications *cinq pour cent*.

Ces tableaux, dessins originaux, aquarelles, lithographies, eaux fortes, etc., seront vendus avec interdiction formelle de droit de reproduction dans tous pays.

M. F. Cuérel, *expert*, se charge des commissions des personnes qui ne pourraient assister à la vente.

Paris. — Imprimerie Ménard & Chaufour, 8-10, rue Milton

Le présent Catalogue se distribue à

PARIS

Chez Me J. GUILLET, Commissaire-Priseur
34, rue Baudin

Chez M. F. CUÉREL, Peintre-Expert
10, *rue Eugène-Suë*, 10

Au bureau du Journal *La Gazette de l'Hôtel Drouot*
8, rue Milton

LONDRES

Chez M. F. DAVIS, 147, *New Bond Street*

BERLIN

Chez M. SCHULTE, 1, *Unter den Linden*

BRUXELLES

Chez M. LE ROY, 12, *Place du Musée*

SAINT-PÉTERSBOURG

Chez M. VELTEN, 20, *Perspective de Nevsky*

IL A ÉTÉ TIRÉ DE CE CATALOGUE

500 Exemplaires

Sur papier de luxe

COMPRENANT

22 REPRODUCTIONS

Tirées hors texte

et de

NOMBREUSES

ILLUSTRATIONS

DANS LE TEXTE

Prix : 6 francs

Il a été également tiré dix exemplaires sur papier IMPÉRIAL DU JAPON, *numérotés de 1 à 10.*

RODOLPHE SALIS

Un peintre qui n'est pas sans talent — tous les peintres en ont dans le temps où nous sommes — loue, pour l'exercice de sa profession, une ancienne boutique, qu'a délaissé, au 84 du boulevard Rochechouart, un bureau du télégraphe. En attendant les commandes de l'Institut, il fait comme de tout le monde : il y peint des chemins de croix ou propage, par la reproduction, les chefs-d'œuvre dont les Mécènes au rabais montent volontiers leurs galeries. L'un d'entre eux a même la fantaisie de lui demander une illustration picturale des contes d'Edgard Poë. C'est un morne labeur pour un esprit d'une fantaisie outrancière qui s'est mis en tête, en débarquant du Poitou de conquérir Paris. Comment s'y prendra-t-il ?

Comme s'y prennent les autres qui ont déjà un brin de réputation, laquelle est proclamée par la petite presse, et dans les périodiques éphémères, suite des annales du Parnasse. Ils sont des personnages dans ces cénacles qui continuent la traditionnelle Bohême. Ils y font étalage d'un art indépendant et farouche. Ils y disent des vers avec le plus pur accent du Périgord, et des monologues dont l'un d'entre eux, idéologue du savoir, sorte de Cyrano de Bergerac au nez près, crée la formule. Ils font des farces renouvelées de Cabrion et de Schaunard; ils chantent, et le piano, sous les doigts diaboliques d'un neveu littéraire de Baudelaire, frissonne d'épouvante et d'angoisse. Ils sont macabres, sans conviction, parodistes du Romantisme dont ils sont les successeurs immédiats. Ils sont barbus, ils sont chevelus, ils sont hirsutes et s'en vantent. Ils se vantent même d'être hydropathes. Ils connaissent Montmartre de réputation, comme un lieu estimé des artistes férus du pittoresque et peu fortunés qui trouvent, sur la montagne parisienne, des gîtes engageants pas très chers. Mais le champ de leurs exploits c'est, de l'autre côté de l'eau, la rive sorbonnesque, la montagne de Lutèce, le vieux quartier Latin. Leur chariot de Thespis est échoué dans un sous-sol de la place Saint-Michel.

D'aventure, flânant, le nez tourné vers les moulins, ils découvrent la boutique du boulevard Rochechouart, hospitalière à leurs muses, et que remplit de sa verve étourdissante le maître du lieu qui a prénom Rodolphe, comme il sied à un héros que Murger eut voulu peindre, et qui a nom Salis.

Parmi les ébauches, sur leurs chevalets, dans le fouillis déjà savamment conçu d'un atelier où la Gaieté précède obligeamment la Gloire, une jeunesse artiste et lettrée se donne de fréquents rendez-vous. Que faire, quand on est entre poètes engrossés, sinon dire des vers, chanter et conter de beaux contes ? Ce qui dessèche sensiblement le gosier et invite à boire : « Or ça, Messeigneurs, disait déjà Salis, si de profonds hanaps s'emplissaient de cervoise ? » La liqueur blonde coulait, abondante comme les strophes, sur des coins de table, et les joyeux devis, ainsi arrosés, se poursuivaient fort avant dans la nuit.

Jean Moréas, député de l'Hellade, tenait que Montmartre, cet autre Hélicon, venait de recevoir de Pegase le coup de pied dont la fontaine avait jailli : il jurait que les pas délicats des Muses s'agiteraient en cadence désormais sur ses bords, et que ces demi-vierges retrouveraient la fraîcheur de leur teint dans ses eaux blondissantes. En langue vulgaire, que Salis comprit tout de suite et traduisit, cela signifiait que la boutique montmartroise devait se transformer en cabaret où artistes et poètes, à l'exclusion des philistins, fréquenteraient en humant le piot.

Les cabarets d'artistes étaient depuis longtemps ébauchés et la Grand-Pinte, à Montmartre, n'était pas éloignée d'en réaliser le décor : il y manquait la vie, la déclamation, la musique, les chants. Ce cabaret là restait à ouvrir, Rodolphe Salis, lâchant ses pinceaux ingrats, accepta obligeamment la tâche de s'en charger. Un certain jour de l'année 1881, à l'enseigne du *Chat Noir*, choisie en souvenir des panneaux de l'œuvre d'Edgard Poë, le cabaret, appelé à devenir si fameux, s'ouvrit.

Etroit et sans faste, mais, dans l'arrangement, décelant un goût original et sûr, il était encore une manière d'atelier avec ses plâtres, ses bibelots, ses toiles, ses cadres, ses ferrures, tout un harmonieux bric-à-brac d'une couleur agréable et juste. Lentement, par l'un et par l'autre de ses fidèles, il se meublait, s'ornait d'œuvres conçues dans toute la fougue et tout l'enthousiasme de la prime jeunesse. A la voix des poètes, les peintres accoururent qui se plaisaient dans cette atmosphère si propice à la fécondation artificielle des rêves. Ils enfantaient, comme en se jouant, de jolies choses qui donnaient un caractère d'école à la continuité magnifique de cette surabondante et si originale éclosion.

Ce premier *Chat Noir*, qui dura quatre années, ne fut pas très connu du grand public, qui n'eut véritablement accès qu'à l'hôtellerie de la rue de Laval ; mais en son raccourci, il fut bien tout le *Chat Noir* — encore que les ombres légendaires n'y naquirent point. Cependant, dès cette époque, fréquentaient à ses tables, où les coudoiements étaient si pressés et si gais, ceux qui en seraient les initiateurs. La petite colonie du boulevard Rochechouart avait donc, et tout de suite à sa fondation, ses peintres, ses poètes, ses musiciens, toute la phalange, par ses unités célèbres, qui ferait la fortune du *Chat* et sa réputation.

C'était là que Willette, débutant à la vie artistique, avec cet admirable talent — qui devait tourner tant de têtes et tant guider de crayons, que l'école de Montmartre semblerait toute s'incarner en lui — composait sa « Vierge au chat », hiératique dans le vitrail, humaine dans le tableau. Elle était la première apparition de ce sphinx gracieux aux yeux de fauve, ingénu et cruel, qu'il découvrait dans la femme. Il la déshabillait ensuite jusqu'aux premiers dessous, en lesquels, petit-fils de Watteau, et lui-même Pierrot de la comédie italienne montmartisée, il retrouvait, et simplement en conservant à ses modèles le corset, le pantalon et les bas, les embarquées pour Cythère. Peut-être, il est vrai, d'aucunes, parmi les plus chiffonnées, en revenaient-elles !

Et, à pleine brosse, dans le gracieux tumulte de son esprit, il tirait le feu d'artifice de son *Parce Domine*... Vous l'avez vu. C'est comme une façon de bal masqué qui se serait donné dans les étoiles, c'est la rencontre imprévue des omnibus Pigalle-Halle-aux-Vins avec les ailes du Moulin de la Galette. Ce sont des sorcières chevauchant des chats efflanqués et croisant des communiantes tenant droit, vers le paradis, les cierges mystiques. Et c'est Pierrot candide, Pierrot amoureux, Pierrot artiste, Pierrot vain et déçu, Pierrot baisé des funèbres chimères : autant dire l'homme multiple et complexe, dans la sarabande de la vie — comme on conçoit la vie accoudé à une mansarde de Montmartre, les yeux planant sur l'infini des toits. Jamais Willette, à qui il était réservé d'enchanter, par son pinceau, nos modernes boudoirs, mais qui préféra s'attarder à la satire des mœurs, dans le cadre des illustrés, ne fut plus largement éloquent et verveux qu'en cette composition, orgueil de l'ancien *Chat noir*, et daté de ses premiers jours.

Cette jeunesse artistique, à la conquête d'un centre d'attractions, d'entrainement et d'études, donna aussitôt, d'abondance; vaillante en ses caprices, sage en dépit de son outrance, se cherchant dans le dédale des impressions qui s'échangaient là, un peu révolutionnaires, mais sans parti pris et ne violentant quiconque sur son orientation. Si tous ne profitaient pas de cette liberté confraternelle, si Rivière, qui serait génial à son tour, si Steinlen, dont la puissance se dégagerait des influences avec les années, si le silencieux Auriol, futur japonisant, payaient, en servage, leur tribut à l'admiration des aînés et des affranchis déjà glorieux, il n'en est pas moins qu'ils ne se créaient tous une formule en tâtonnant, et que le *Chat noir*, par le génie de ce metteur en scène qu'était alors Salis, hâtait leur réputation. Il ne donnait pas de talent à qui en manquait, mais il faisait valoir plus tôt qui en avait. Il poussait même la charité plus loin : il imposait qui était médiocre à la badauderie, bientôt amassée devant les tréteaux où le boniment oublié des parades allait refleurir.

Salis avait juré d'unir, dans sa fortune, Ramponeau et Tabarin, Procope et Gauthier Garguille. Mais sur eux, il eut d'être ce que ses devanciers ne furent point : un artiste qui, pour avoir, non sans habileté, tenu un pinceau, saurait servir les confrères qui le serviraient, dans un mutuel échange de bons offices, où il ne serait pas, à tout prendre, celui qui donnerait toujours le moins.

Les avis, sur ce point, sont partagés. De vieilles amitiés, nées sous l'égide du *Chat Noir*, à la longue, se sont aigries. La caricature nous a initiés à des séparations tapageuses. C'est dans l'ordre des choses humaines, et bien téméraire qui, de ces différends, oserait se faire juge. Mais les faits sont les faits qui parlent haut, s'attestant par les preuves de ce que furent ces premières rencontres. Ces preuves sont des images ; sonnets et ballades en enjolivent quelques-unes. Le catalogue qui suit les dénombre.

Elles sont détachées, ou des parois si admirées des deux Chats — le chat du boulevard Rochechouart et celui de la rue Victor-Massé — ou des pages d'un album, témoignage ancien de la fondation de ce cénacle où elles viennent, en originaux, de la collection de cette précieuse gazette : le *Chat Noir*. Ces œuvres ont été exposées pendant plus de quinze ans à la vue d'une foule où tous les mondes se confondirent. Qui n'a gardé le souvenir de ces glorieuses soirées de l'*Epopée* et de la *Marche à l'Etoile* qui donnaient à franchir plusieurs étapes à l'admiration ? C'était, d'abord, le vestibule où se tenait le beau suisse armé de sa retentissante hallebarde. La salle commune de l'hostellerie qu'éclairait le vitrail de Willette, le *Veau d'or*, la salle dont Grasset avait dessiné la cheminée monumentale ; où se voyaient quatre panneaux de Willette encore, et la lunaire *Apothéose des chats* par leur peintre ordinaire et extraordinaire, Steinlen.

C'était, dans le fond, l' « Institut », qu'un tableau d'Heinbrinck, *François Villon*, dominait. De là, un escalier, aux murs recouverts de dessins originaux, conduisait « Leurs Seigneuries » à des salles peu fréquentées. On brûlait cette étape qu'on appelait dans la langue emphatique du lieu : la Salle du conseil et l'Oratoire. Discrets musées où Raffaëlli était représenté avec des têtes d'expression, Gill par une caricature, Joseph Bail par des natures mortes, Pelez par une *Laveuse*, Gérome par un *Lion*, Falguière par des *Mendiants*, Lewis Brown par des cavaliers, Méry par le monde des volatiles, Gandara par les déformations comiques de ses camarades. Puis c'étaient des croquis de Somm, ce maître si personnel en ses études de Parisiennes, de Steinlen, de Desboutins, de Sta, d'Uzès, de St-Maurice. Et parmi ces œuvres, une page de Henri Pille, décor du premier Institut, là-bas sur le boulevard : la *Mort de César*, une de ses plus spirituelles inventions, et de ses plus légères.

Et c'était enfin, un étage au-dessus, cette salle des fêtes où l'on avait ressuscité *l'Illustre Petit Théâtre*. Une scène qui était un guignol ; mais ce guignol serait une lucarne ouverte sur le Rêve et sur l'Infini.

Elle le devrait à Caran d'Ache, à Somm, à Willette ; à l'érudition espiègle de Robida ; à la grâce aisée et fringante de Louis Morin, à Fernand Fau, à Radiguet, à Depaquit et combien d'autres ?

Elle le devrait surtout à Henri Rivière, à ce créateur inlassable et inlassé, toujours à la poursuite du mieux dans le champ de l'idéal. La lanterne magique des enfants était, dans ses mains, sans que le diamètre de l'objectif eût été agrandi, toute la poésie de la nature dans ce qu'elle a de mystérieux et de voilé. Il nous fit coller l'œil à ce trou d'aiguille, dans un paravent, et l'immensité nous apparut.

Et nous vîmes se coucher les soleils ; frémir les forêts profondes au vent frais du matin ; s'étendre à perte de vue les vagues brulées ; onduler les plaines grasses sous la caresse des aquilons ; s'enfler les océans ; s'illuminer les veillées laborieuses des cités ; et la lune pailleter d'écailles les courtes vagues des fleuves que coupe le lent sillage des barques silencieuses. Épopées, légendes, visions : il fut le décorateur des inspirations d'Haraucourt, de d'Esparbès, de Fragerolle, de Donnay, de Vaucaire, de Dauphin, de toutes ces fantaisies de poètes-phallènes qui accoururent danser à la flamme de cette lanterne magique allumée dans les ténèbres.

La lumière rendue dans la salle. L'assemblée qui, à l'élégance, ajoutait, chaque soir quelques illustrations, les poètes et les artistes, une fois dévisagés comme bêtes curieuses, souscrivait à l'intérêt du décor. Au mur, elle voyait la *Résurrection des oiseaux*, une toile délicate de Méry, toute charpentée de frêles os, le *Parce Domine* de Willette, le Gandara représentant Salis comme il s'aimait : en seigneur. Et ça et là, c'était aussi, dans les cadres, des pages de l'Album. Cet Album avait une histoire.

Quand un artiste entend chanter ou dire une jolie chose point banale et prenante, ses doigts de loisir ragent de n'avoir à quoi s'occuper, machinalement il trace sur la table où il est accoudé des lignes qui suivent les méandres de son inspiration ; les allumettes trempées dans la soucoupe pinçeautent de très éphémères compositions, et si un crayon se hasarde jusqu'à ses mains, une improvisation se décèle en marge de l'imprimé qui traîne. L'Album fut l'exutoire de ces flâneries d'artistes. On donna à qui le demandait du papier, une plume, de l'encre... et tout ce qu'il fallait pour ne pas écrire mais dessiner. On flattait l'obsession des premiers ; à la longue on la provoqua. L'Album, comme tous les albums, dès qu'il se fut constitué une personnalité, qu'il se sentit riche de quelques belles œuvres, qu'il eût d'honorables références, fut diplomate et insinuant. On le lui pardonna en faveur de la liberté grande qu'il autorisait. Il était à tous, et à tous accueillant. L'intérêt après le recul des années c'est d'y voir balbutier des talents nouveaux, encangués dans des formules d'école. D'autres au contraire, affranchis de toutes règles, dans la gaîté d'un passe temps, se livrent, avec une spontanéité, où ils puisent enfin la propre mesure de leur valeur originale. Aucun, toutefois, ne donne cette impression comme Henri Rivière, qui particulièrement, avec ses compositions d'un clair obscur si macabre, hanté des cauchemars de Rollinat, illustre des vers manuscrits.

Car, il va de soi que la collaboration n'est pas longue à s'établir entre artistes et lettrés. Les muses fraternisent. Coppée comme Haraucourt, Banville comme Cladel, Barbey d'Aurevilly comme Goudeau, sont motifs à croquis. Le cabaret où il se plaît inspire à Félix Decori, qui n'en est pas prodigue, cette poésie par laquelle la Pomme de Pin s'appareille au *Chat noir :*

Voici le cabaret des Joyeux Brabançons.
Drapiers, marchands d'esteufs, à la lourde escarcelle ;
Gens d'armes devant qui rougit la jouvencelle,
Mettant les pots à sec et les cœurs à rançon.

C'est l'heure de l'ivresse et des grasses chansons.
L'escholier blond glapit d'une voix de crécelle,
Le malandrin s'esclaffe et casse la vaisselle,
Et le vieux truand ronfle au milieu des tessons.

Au fond de la grand'salle aux poutres enfumées,
Margot, la joue en fleur, les lèvres parfumées,
Sourit au doux parler d'un damoiseau muguet.

Mais le cabaretier s'égosille et s'esclame,
Car voici s'avancer les cavaliers du guet,
Et le couvre-feu sonne à la tour Notre-Dame.

Parfois, dans ces pages, les poètes dialoguent. Contre une image que Willette a enluminé d'une encre romantique, on surprend ce marivaudage :

Quand vous ne parlez pas à Dieu ou pour Dieu, c'est au diable que vous parlez... et il vous écoute dans un formidable silence.

Un Trappiste raté,
Léon Bloy.

Aussitôt, beau payeur, Rollinat de riposter :

Bloy rafale du cri! tourbillon de cyclones
Qui souffle sa colère à des lyres de feu ;
Et va, répercutant au fond des Babylones,
L'anathème sorti de la bouche de Dieu !

Maurice Rollinat.

« Le Tourbillon des cyclones », enchanté du compliment se fait doux comme une brise d'avril, et remercie spirituellement avec l'orgueil de ces mots :

Rollinat, le seul poète qui m'ait bien compris ;

L. B.

Tout ce qui passa au *Chat noir*, savant en l'art des lignes ou des rimes, coopéra à l'Album. Salis même s'y mettait à contribution de charges satiriques, comme pour établir qu'il était un peu mieux, en cette hôtellerie, que le tourneur de broches, et qu'avant de tenir un cabaret, il tenait aussi un pinceau. Il n'avait point menti à son origne, et du jour où son atelier s'ouvrir sur la rue, son enseigne estampilla le frontispice d'un journal. Le *Chat noir* était cabaret et gazette. Et voilà ce que Ramponneau n'avait pas trouvé.

Gazette et cabaret furent l'école d'aucuns, le tremplin de plusieurs — et le drapeau de Montmartre. « Qu'est Montmartre? Rien, disait Salis, en 1881. Que doit-il être ? Tout. » Quinze ans après, à la veille de sa mort, considérant son œuvre : tant d'illustres en belle route vers les salons ou le théâtre qui étaient partis de chez lui, et toute cette foule badaude pendue à la « mamelle de la

France », et toute cette miaulerie des chats de sa nichée sur les flancs engraissés de la Butte, Salis s'écria : « Qu'est Montmartre ? Tout. Que doit-il être ? Davantage. »

Il est parti sans avoir réalisé ce rêve présomptueux. Montmartre n'est pas davantage que tout, mais il est plus que rien —et il le lui doit.

Georges MONTORGUEIL.

DÉSIGNATION

TABLEAUX

BAIL (JOSEPH)

1 — Nature morte. (0,46×0,37).

2 — Armes, casque et bouclier. (1 m. × 0,80).

3 — Enfant au sein. (0,73×0,60).

BELLY

4 — Entre les deux mon cœur balance, 1880. (0,88×0,69).

FAVEROT (J.)

5 — Portrait de Peau de lapin, l'amateur de bibelots. (1 m. 45×0,98).

FORAIN (J.-L.)

6 — Au Luxembourg. (0,36×0,22).

A. GANDARA

7 — Nature morte. (0,31×0,18).

8 — Portraits-charge de RODOLPHE SALIS, E. GOUDEAU, J. JOUY, MORÉAS, H. RIVIÈRE. (0,86×0,70).

9 — Nature morte (radis et pot). (0,32×0,22).

HEIDBRINCK

10 — Portrait de Villon. (2 m.×1,20).

HENRICUS

11 — Le Jugement de Pâris. (2 m.×1,25).

MÉRY (A.)

12 — Le Cimetière des Oiseaux. (1,30×0,85)

13 — Chats et écrevisses. (0,71×0,54).

14 — Canetons. (0,52×0,38).

15 — Poussins. (0,65×0,54).

PAGÈS

16 — La Fête des fous. (3,58×1,73).

REGAMEY (attribué à F.)

17 — Intérieur de forge. (0,32×0,24).

RŒDEL

18 — Au Moulin de la galette (dans la rue). (0,65×0,54).

STEINLEN

19 — Apothéose des chats. (3m.×1,72).

(Tableau reproduit hors texte dans le catalogue de luxe.

20-21 — Deux panneaux décoratifs de l'entrée du *Chat Noir*. (1,72×0,86).

THOLER

22 — Nature morte (perdrix). (0,42×0,30).

23 — Nature morte (huîtres). (0,61×0,39).

WILLETTE

24 — *Parce Domine.*

La plus importante et la plus célèbre des compositions peintes de A. Willette, qui a figuré dans les deux Cabarets du *Chat Noir* et dont il a été fait mention dans tant d'articles ou de publications faits par les lettrés des deux mondes. (3,90×2 m.).

(Tableau reproduit hors texte dans le catalogue de luxe).

25 — Une paire d'amis. (1,66×0,90).

La mignonne est là, rieuse, ingénue.
Sa lèvre a gardé le parfum secret
Des baisers rendus, un souffle discret
Semble soulever sa poitrine nue :

La lutte d'amour qu'elle a soutenue
Baigne de langueurs son regard nacré,
Très indécemment le matou lustré,
Sur sa gorge blanche et peu contenue

Par le dur corset, grimpe curieux :
La femme a baisé son long poil soyeux
De toute sa bouche ardente et lippue,

Le chat lui rappelle encor son amant
Et semble donner le frissonnement
Des désirs nerveux à la chair repue.

Raymond d'Abzac.

26 juillet 1882.

26 — Vierge au Chat, (maquette de vitrail). (2m.×0,57).

DESSINS ORIGINAUX

27 — AMORETTI (G.). La Pelote.

ANGRAND (Ch.)

28 — Au Parc Monceau.

29 — Idylle.

AURIOL (G.)

30 — Aventure japonaise. (*Trois dessins*).

31 — Fleurs.

32 — Couverture du *Chat Noir guide*.

33 — BAC. Le Petit Déjeuner du matin.

BALLURIAU

34 — Idylle de Printemps.

35 — Le Triomphe du Poëte.

BARTHELEMY

36 — Au Concours hippique.

37 — Emballé.

38 — BARRÈS ? (att. à MAURICE). La table tournante.

BELON

39 — Satané rhume.

40 — Au Clair de la Lune.

41 — Le Mannequin récalcitrant.

42 — Faute de grives...

43 — L'Habit ne fait pas le modèle...

44 — Les Documents littéraires.

45 — Un Chien qui craint la marche.

46 — A l'Opéra.

47 — Un Bien fait, n'est jamais perdu.

48 — Si les femmes savaient... (*air connu*).

49 — Comment Dugomard devint fin de siècle.

50 — Encore un briseur de chaînes.

51 — BÉJOT (Eug.). Le Cocher. (*Six dessins*).

52 — BELLENGER (Georges). Tête de femme.

53 — BIANCO (M.). Enfoncé Larousse.

BIGOT (G.)

54 — La Police japonaise.

55 — Le Vol au Japon (procédé japonais).

56 — Une Petite Fête à la Maison de thé.

57 — BLANCHET-MAGON. Un Boa au Bois de Boulogne,

58 — BLASS (J.). Voilà donc l'Hiver.

BOMBLED (Leo Brac)

59 — Le Lion apprivoisé.

60 — Tartarin joué.

61 — BR˙ÈRE. Tu diras q't'es ma sœur.

JOHN LEVIS BROWN

62 — Duel de cavaliers. (29 décembre 1886).

63 — Jockeys (15 juin 1890).

CAPY (Marcel)

64 — Mort de froid.

65 — Ah! de notre temps.

66 — Siphon pour trois.

67 — Le « Corot » de M. Dufloc.

68 — L'Aumône.

69 — Struggle for Life.

70 — Bertrand et Raton.

71 — Entre deux feux, ou l'Amant indiscret.

72 — A la Course.

73 — Puissance de la Réclame.

74 — Attentat à la Pudeur.

75 — Elles songent... (avec autographe de R. DARZENS).

CATTELAIN (PH.)

76 — Portrait de Jules Jouy.

77 — A un Héros.

78 — Deux portraits.

CARAN D'ACHE

79 — L'*Epopée* : La Charge.

80 — 1815!

81 — Vive l'Empereur!

82 — Quand on attend sa belle.

83 — La Triple-Alliance.

(Dessin reproduit hors texte dans le catalogue de luxe).

84 — Comment le petit *Jean* comprend la bataille d'Iéna.

85 — Petits crevés.

86 — La Chanson de la classe.

87 — Officier prussien.

88 — La Sentinelle.

89 — Laisse-moi contempler ton visage ! ! ! (Faust, acte II, scène VI).

90 — Houzards.

91 — Types de soldats Allemands.

92 — Les Amours de la Vénus de Milo.

93 — Divers croquis.

94 — CARREY (P.). La Malle. (*Série de huit dessins*).

95 — CAZALS (GABRIEL.) Seul à t'aimer. (Avec autographe de CH. CITOU.)

96 — CLÉMENÇON (PAUL.) Mauvaise farce.

97 — CHARTIER. Le Sous-pied.

CHIVOT (CH.)

98 — Le 15 août. (A l'ami SALIS).

99 — Hussard.

COTTIN (E.)

100 — Comment on devient anarchiste.

(Dessin reproduit hors texte dans le catalogue de luxe).

101 — On ne badine pas avec l'amour.

102 — Le Danger de rimer des vers à la lune.

103 — Amour et discipline.

104 — Le Choix d'une carrière.

105 — Au feu ! Au feu ! mon cœur brûle.

106 — Le dernier élève de Ravachol (*Parisiens dormez !*)

107 — Satanisme.

108 — Darivaud est nommé caporal.

109 — Simple histoire.

110 — La Sentinelle.

111 — Jalousie.

DELAW (G.)

112 — Sonnet rustique à Rodolphe SALIS, dernier reître de MARTSBERG, (légende de G. AURIOL.)

113 — Sonnet Olorime, (avec autographe de J. GOUDESKI.)

114 — Les Anciens morts, (avec autographe de J. DEPAQUIT.)

115 — Notes pour servir à l'histoire de Napoléon intime.

116 — Le Cadre protecteur.

117 — Le Voyageur pressé, mais généreux.

118 — *L'Histoire racontée par l'image :* Apparition des barbares dans les forêts de Montmartre.

119 — Le Passage du Pont d'Arcole. (*Il traverse la Seine et monte à Montmartre*).

120 — *Répétition de l'Épopée* : La Veille d'Austerlitz.

(Dessin reproduit hors texte dans le catalogue de luxe).

121 — Austerlitz.

122 — Le Retour de l'île d'Elbe.

123 — La Fuite de Matheux. (*Louis XVIII après le retour de l'île d'Elbe*).

124 — La Facétie de l'archer (*Deux dessins*).

125 A moi Salis! Voilà les demis!...

126 — Page d'album en collaboration avec de STA.

DEPAQUIT

127 — Les habitués du *Chat Noir*.

128 — Francisque SARCEY dans les Théâtres.

129 — Pour Dieu, pour le Tsar, pour la Patrie.

130 — DETOUCHE (H.). Le Cercueil, avec autographes de Félicien CHAMPSAUR et SARAH BERNHARDT.

131 — DOES. Série de dessins.

132 — DORVILLE (LÉVY). Projet de menu.

133 — DUEZ (E.). Juillet.

134 — D'ESPAGNAT (P.). Le Bouquet.

135 — ARY FABER. L'Aumône de la fille.

136 — FALGUIÈRE. Mendiants.

FAU (F.)

137 — Ballade des Nonnettes.

138 — Maigre reçette.

139 — Air de guitare.

140 — L'Amour médecin.

141 — Cortège solennel du *Chat Noir* allant explorer les régions du Sud.

(Dessin reproduit hors texte dans le catalogue de luxe).

142 — Le Clystère.

143 — Astronomie galante et symbolique,

144 — Le procès-verbal.

145 — L'accident de M. Maréchal, peintre paysagiste.

146 — D'après nature.

147 — L'Hercule.

148 — La Joie de vivre.

149 — Le Jour du terme.

150 — La Giffle.

151 — Pendant la grève des cochers. (*Pour une course*).

152 — Le Mannequin.

153 — L'Habit ne fait pas le moine. (Épisode de la vie de jeunesse de M. P. Bourget).

154 — Les Gaietés du sabre.

155 — Les Brioches.

156 — Un Sauvetage.

157 — La Mort du juste.

158 — Le Petit pâtissier boulangiste.

159 — L'Amour est plus fort que la Mort.

160 — L'As de cœur. (*Effets de lune*).

161 — Giboulée.

162 — A la Brasserie.

163 — Le Rêve du Potache.

164 — La Gourmandise.

165 — Le Jugement de Dieu.

166 — Le Jaloux puni.

167 — Un Bon tiens vaut mieux que deux tu auras.

168 — Éducation artistique.

169 — L'Amateur.

170 — Le Chat enragé.

171 — L'Os,

172 — L'Oiseau envolé.

173 — La Leçon de flageolet.

174 — Conte de Noël. *(Huit dessins).*

175 — Mention honorable.

176 — Le Loup et la Bergère *(fable).*
Moralité : *Moins grande est la frayeur quand on a vu le loup.*

FERDINANUDS (A.)

177 — Il va pleuvoir des hallebardes.

178 — Dieu et mon droit.

179 — DE FEURE. Vas donc eh fourneau !! *(Série de quatre dessins).*

FORAIN (J.-L.)

180 — Et puis j' t'en prie tiens toi mieux, j'attends ma mère.

181 — ... Si tu y retournais chez ta femme !!

182 — Femme du *Rat Mort.*

183 — GANDARA (A.). Quatre portraits.

GALICE

184 — Portraits contemporains.

185 — L'Aumône de la pécheresse.

186 — Cochon de Printemps.

187 — Son Altesse la femme.

188 — Étoiles.

189 — Le meilleur poèle et le poèle Amourosky.

190 — Mort à la peine.

191 — Effroi.

192 — GÉROME. Lion couché.

193 — GÉRARDIN (A.). La Salle du Théâtre du *Chat Noir*.

(Dessin reproduit hors texte dans le catalogue de luxe).

194 — GILL (André.). Le Rôtisseur.

GODEFROY

195 — Simple Lapin.

196 — Le Gros Lot.

197 — Il faut bien rire un peu.

198 — Mésaventures d'un critique à Yeddo.

199 — L'Ours de Berne.

200 — Le Major Von Giffle.

201 — Les Suites de propos aigre-doux.

202 — Au Salon.

203 — La Tournure.

204 — Terribles indices.

205 — Les Bienfaits de la Musique.

206 — Novembre.

207 — Tout est bien qui finit bien.

208 — Question de cabinet.

209 — La Belle-Mère.

210 — Le Cœur révélateur.

211 — Cas foudroyant.

212 — Five o'clock ou l'omelette involontaire

213 — Les Étrennes.

214 — Fausse Alerte.

215 — Original Jonas's clown.

216 — A la recherche d'une allumette.

217 — Crime d'Amour.

218 — Le Mégot.

GOSLAND (Duval).

219 — Sur l'eau.

220 — La Chaumière.

GORGUET (A.-F.).

221 — Sainte Cigale priez pour nous.

222 — Avant le bal.

223 — D'après Anachréon.

224 — GRASSET (attribué à) Les Collaborateurs du *Chat Noir*.

(Dessin reproduit hors texte dans le catalogue de luxe).

GRASSET

225 — Chanson à tuer (avec autographe de CAMILLE DE SAINTE-CROIX).

226 — Girouette du *Chat Noir*.

227 — Girouette du *Chat Noir*.

228 — Lanterne du *Chat Noir*.

229 — GRUN. Le Bon Cigare.

230 — GROUX (H. DE). Tête d'Etude.

231 — GUÉRARD (H.). Pichet à (Rodolphe d'Urbino).

GUYDO

232 — Hommes n'embêtez pas les morts.

233 — HEIDBRINCK. Rêve d'Alchimiste.

234 — Le moins Heureux des Trois.

235 — Le Diable et le Meunier.

236 — Les Deux Diables, le Moine et l'Ane.

237 — Satanisme.

238 — La Grève des Cochers.

239 — Les Camelots vendeurs de la Rue du Croissant.

240 — Types de Camelot.

241 — Chez Satan.

242 — Fais l'Aumône.

243 — Dix dessins.

HENRICUS

244 — La Jarretière retrouvée ou la récompense honnête.

245 — Le Modèle impressionnable.

246 — Un Philosophe. (*Dessins sur papier* GILLOT).

247 — Une Affaire d'honneur.

248 — La Pêche miraculeuse.

249 — Prenez garde à la peinture.

250 — Histoire d'un pauvre Peintre.

251 — Histoire d'un vieux Monsieur qui suivait toujours les petites filles.

252 — Histoire d'une commande.

253 — Histoire d'une conquête.

254 — Puni par où il a pêché. (*Six dessins*).

255 — Le Jugement de Pâris.

256 — Le Châtiment.

257 — Trente-deux dessins et croquis. (*Souvenir d'hôpital*).

258 — Croquis divers.

HOPE

259 — Pauvre biffin.

260 — Bon appétit Messieurs!

261 — Le Petit fumiste. (Suite de trois dessins).

252 — JOLLIVET. Saint Louis.

263 — JOSSOT. Pour une femme.

264 — KAZ (F.). Christmas.

265 — TOULOUSE-LAUTREC (H.). Retour des courses.

— —

LE BOCCAIN

266 — L'addition.

267 — Après-diner.

LECOZ (L.).

268 — A bon chat bon rat.

269 — La musique..... ça adoucit les mœurs,

270 — LEGRAND (Louis). Le Télégraphiste.

271 — LE MOUEL (E.). L'homme obèse.

LUIGI LOIR

272 — Quatre illustrations pour les becs de gaz. (Poésie de Georges LORIN).

273 — Six dessins sur papier GILLOT.

274 — A Villon. (avec autographes de F. COPPÉE et E. GOUDEAU).

(Dessin reproduit hors texte dans le catalogue de luxe).

LORIN (G.).

275 — Le papillon noir, avec autographe de l'auteur.

276 — L'Echo, avec autographe de Ed. Haraucourt.

LUBIN DE BEAUVAIS?

277 — Moyen de s'faire payer des bijoux à l'œil.

278 — L'Appétit vient en mangeant.

LUNEL

279 — Chronique. (*Fin d'année*).

280 — Un Grand criminel.

281 — Couverture pour l'album du *Chat Noir*.

282 — MAGNAT. L'attente.

283 — MALTESTE. Une Semaine d'amour.

MERCIER

284 — Un Tapis rare.

285 — L'Huître et les Plaideurs.

286 — MERY. (A.) Coq.

287 — MORIN (Louis). Le Prestige de la moustache. (*Suite de dix dessins*).

288 — MERSON (Luc. Olivier). Cousin, Pardon !

289 — NEMOT (F.). A la Brasserie.

290 — NEUMONT (Maurice). Reconstitution de l'histoire de l'Amour. (Pour faire enrager M. Garnier).

NAPO-FRANÇAIS

291 — La Fortune d'Éva.

292 — Idylle en pays allemand.

ODBERG

293 — L'Allumeuse et l'éteignoir.

294 — L'Amour à bicyclette.

O'GALOP ?

295 — Le Singe et la bicyclette.

296 — Une Route bien entretenue.

297 — Cambrioleurs.

298 — Clients pressés et économes.

299 — Les Sergots de Lille.

300 — PELEZ (F.). Laveuse.

PEROUD

301 — Fumisterie.

302 — Le troisième Larron.

303 — Idiotie en là mineur.

304 — L'Amour douché.

PETRUCCI

305 — Le Martyre de saint Salis, père des arts.

306 — L'accident.

307 Hercule vagabond.

308 — Ne vous mêlez jamais de ce qui ne vous regarde pas.

309 — Crime et châtiment.

310 — La Poutre.

311 — L'Art d'être grand père.

312 — Un Nouvel astre.

313 — Aérolithe.

314 — Saint Siméon Stylite.

315 — Trois croquis.

PILLE (H.)

316 — Lou Matagot. (Original du dessin ayant servi à illustrer l'entête du numéro du *Chat Noir*, du 24 mai 1884).

317 — Série de dessins.

318 — PISSARO. Types suburbains. (*Série de dessins*).

POIRSON

319 — Un conventionnel.

320 — La Commission bien faite. (*Série de cinq dessins*).

321 — Le Cocher déçu, ou la course mal payée. (*Série de six dessins*).

322 — Un peu d'histoire naturelle. (*Série de six dessins*).

323 — La Question sociale. (*Huit dessins*).

324 — L'Empereur !

325 — Divertissements d'été.

326 — Le Renseignement.

327 — La Brave petite vivandière.

328 — Le Mauvais accueil puni.

329 — Fin contre fin.

330 — A la guerre comme à la guerre.

331 — La Célèbre entrevue de Terschicht.

POITEVIN

332 — L'Arbre enchanté.

333 — Cruelle énigme.

334 — Le Pantalon.

335 — QUINSAC. A la Campagne.

RADIGUET (M.)

336 — *Appartement à louer.* — Et pigez-moi c'placard... vous pourrez facilement y cacher deux hommes.

337 — Le Modèle.

338 — Pour avoir voulu courir deux lièvres.

339 — L'Agent des mœurs.

340 — Le Coup de poing.

341 — Scène congugale.

342 — La Journée de M Bérenger.

343 — Hommage à J. Simon.

344 — Dis donc qu'on n'est pas chic dans ma famille..... vl'a papa qui soupe chez Brébant.

345 — La Sérénade du pétomane.

346 — Le Monsieur pudique.

347 — Marchez dedans, ça porte bonheur.

348 — Chasse au papillon.

349 — RAFFAELLI (J.-F.). Types divers.

350 — RIPART (G.). Etrennes.

RIVIÈRE (H.)

351 — La Bière.

352 — Les Rois Mages.

353 — Discours du bitume. (Avec authographe d'Emile Goudeau).

354 — Plaisirs d'été.

355 — L'ancien *Chat Noir*.

(Dessin reproduit hors texte dans le catalogue de luxe.)

356 — Le Boiteux. (Illustration de la chanson de Ed. Norès).

357 — Dix-neuvième siécliana. (Autographe de Camille de Sainte-Croix).

358 — La Ventouse. (Autographe de M. Rollina).

359 — Quels idiots que ces paysans! (autogra-de J. Jouy).

360 — Le Lunatique. (Autographe de Fréd. Bataille)

361 — Les Fossoyeurs. (Autographe de G. Nouveau).

362 — Lotus et Nénuphars, (Autographe de Em. Goudeau).

363 — Page d'album. en collaboration avec H. Somm. (Autographes de Jules Barbey d'Aurevilly et Léon Cladel).

364 — Montmartre.

365 — Plaisirs de croque-morts.

366 — Le Bouquet.

367 — Perquisition.

368 — Représentation de l'épopée au *Chat Noir*.

(Dessin reproduit hors texte dans le catalogue de luxe.)

369 — La Chanson de la plus belle femme.

370 — Rodolphe Salis seigneur de Chat Noirville.

371 — Le Corbeau.

372 — La Comète.

373 — Sur la butte.

374 — Sur la butte, le *Soir*.

375 — Et dans cette féerie de pacotille (avec autographe de Marie KRYSINSKA.)

376 — Le Chant du Machabée, (avec autographe de Clément PRIVÉ.)

377 — L'Ancien *Chat Noir*, (avec autographe de Félix DÉCORI.)

378 — Les fossoyeurs.

379 — Le Vent qui grince autour des rigides cyprès, (avec autographe de Ed. HARAUCOURT.)

380 — Le Voyage, (avec autographe de Fernand CRÉSY.)

381 — Errer dans le bleu des ciels impossibles. (Autographe de M. KRYSINSKA.)

382 — Hélas ! faut-il partir. (Autographe de Léon RIOTOR.)

383 — Ingratitude. (Autographe de A. JOYEUX.)

384 — Réflexion. (Autographe de E. GOUDEAU.)

385 — Le hasard qui est souvent fumiste. (Autographe de HARRY ALIS.)

386 — La Paralysie. (Autographe de REQUIER.)

387 — Hector DE CALLIAS à l'ancien *Chat Noir*. (Autographe de Jean DARBAY.)

388 — Le Nenuphar. (Autographe de Ed. HARAUCOURT.)

389 — Le Cloître. (Autographe Ed. HARAUCOURT.)

390 — Spleen. (Avec portrait charge de Jean MORÉAS par GANDARA). (Autographe de J. MORÉAS.)

391 — Page d'album en collaboration avec H. Somm et Uzès. (Autographe de A. Allais.)

392 — Dans la rue.

ROBIDA

393 — Le Baudrier de Magdeleine. (*Série de dix dessins.*)

394 — Explications.

395 — Façade du cabaret du *Chat Noir*.

396 — La Nuit des temps ou l'élixir de rajeunissement.

397 — Calendrier du *Chat Noir*. (*Série de quatre dessins*).

398 — ROCHEGROSSE. Ballade de Banville à son maître. (Autographe de Th. de Banville.)

399 — A. RŒDEL. Les Bottes complices ou Crispi à Paris.

400 — Soupe maigre.

401 — Le Tableau religieux. (Ou un modèle peut s'engraisser surtout s'il mange).

402 — Vieux, sur un banc.

403 — Les Traquenards parisiens.

(Dessin reproduit hors texte dans le catalogue de luxe).

404 — Portrait de Jules Jouy.

405 — Distraction de l'arroseur.

406 — Si je savais faire un boniment.

407 — ULYSSE ROY. Gendarme et photographe.

SABATTIER

408 — Le Peintre et les raseurs.

409 — La Fille du régiment.

410 — Le Portrait du colonel.

411 — Une Bordée.

412 — Mars et Vénus.

413 — Sauvons la patrie.

414 — Le Boa.

415 — Le Bon capitaine.

416 — Faction (*Une nuit de Noël*).

SALIS (R.)

417 — Le 14 juillet.

418 — Rondel (avec autographe de Jean AJALBERT).

419 — Arlequin n'est pas aimable pour Pierrot, (autographe de Jules JOUY.)

420 — Impertinence.

421 — *Élections générales* :

Plus ça change
Plus c'est la même chose

422 — A propos des élections.

423 — SCHMITT. Ruines d'abbaye.

SAINT-MAURICE

424 — Monsieur Rapin pornographe.

(Dessin reproduit hors texte dans le catalogue de luxe).

425 — Le Fidèle garçon.

426 — Une Séance à la Chambre *pour illustrer une chanson de* Jules Jouy. *(Deux dessins sous un cadre)*.

427 — De Paris à Brest.

428 — Ah! ah! c'est révoltant, ce que Paris est dégoûtant. (Jules Jouy).

429 — La Pêche miraculeuse.

430 — La Complainte du Juif-Errant (illustration d'une chanson de J. Jouy).

431 — Paris cloaque.

432 — Idylle.

433 — L'Épouvantail.

434 — On ne patine pas avec l'amour.

435 — Une Tempête dans un fiacre.

436 — L'Éternel féminin.

437 — Voilà le printemps.

438 — Les Deux vernissages.

439 — Bonne à tout à faire.

440 — Permission de vingt-quatre heures.

441 — Toute une jeunesse. (D'après F. COPPÉE).

442 — Un Interwiew.

443 — Un Placement de père de famille.

444 — Le Bon gendarme.

445 — L'Accident réparé.

446 — ..... Passionnément... Pas du tout!

447 — Saint Pierre en goguette.

448 — Terrible accident.

449 — Troupier et chat.

SOMM (H.)

450 — Illustration japonaise. (Avec autographes de WILLETTE et de CHINCHOLLLE).

451 — Sonnet au sphinx habillé chez Worth. (Avec autographe de E. GOUDEAU).

(Dessin reproduit hors texte dans le catalogue de luxe).

452 — Dévouement et repentir.

453 — .. Et que Bouddha t'accompagne!

454 — Ouverture de la chasse.

455 — Parisienne.

456 — Cinq croquis.

457 — Cinq croquis.

458 — Montmartre.

459 — Huit croquis.

460 — Concours de monstres. (Avec collaboration de WILLETTE).

461 — Fantaisie. (Avec collaboration de WILLETTE).

462 — Déliquescences.

463 — Japonaise.

464 — Femme au Singe

465 — Histoire pour rendre les petits enfants fous.

466 — Suite de croquis.

467 — Quatre croquis pour alphabet.

DE STA

468 — Frontière nouvelle.

469 — Amour! amour! quand tu nous tiens.

470 — Le Chevalier de la mort (*ballade.)*

471 — Erreur ne fait pas compte.

472 — Une aventure du général R***.

473 — La Cuirasse révélatrice.

474 — Conte d'hiver pour les grands enfants.

475 — Voilà comme nous étions tous en 1808.

476 — Carambolage.

477 — Le Bourreau.

478 — Vocation militaire. (*Deux dessins)*.

479 — Histoire militaire et... terrible !!

480 — L'Ingénieux fantassin.

481 — L'Enlèvement de Sabine.

482 — Le Bal du colonel Ramolot, (autographe de Ch. Leroy.)

483 — Pierrot à Robinson, (autographe de FUSIER.)

484 — Gaaaaard' à voos !

485 — Le Gué, (autographe de E. BOIS GLAVY.)

486 — Cà ! autographe de Jules JOUY.

STECK

487 — Fumisterie déplacée.

488 — Plaisir champêtre.

489 — Jeux d'enfants.

490 — Deux Agents vivaient en paix.

491 — STELLA (A.). Idylle.

STEINLEN

492 — Entrevue de deux entrepreneurs : SALIS. — *Prenez ma couronne beau cousin, prenez ma couronne et faites-vous ma tête, mais ne touchez pas à mes discours.*

(Dessin reproduit hors texte dans le catalogue de luxe).

493 — Le Mirage.

494 — L'Enfant, le chat et la poupée (Dédié à la toute petite Sara SALIS.

495 — Puisqu'ils ne veulent pas se laisser manger, « Suicidons-les ! !

496 — Horrible fin d'un poisson rouge.

497 — Idylle (Contes à Sara).

498 — La Pipe.

499 — La Recherche de la paternité.

500 — Le Clou vengeur.

501 — Les Ancêtres de Maigriou.

502 — Le Sel sur la queue (Contes à Sara).

503 — "Feignant, va ! Taper su'un pauv' ivrogne !

504 — Du Dernier bien avec le général.

505 — Le Corbeau et le chat (Fable).

506 — Voyons CHINCHOLLE, c'est pour rire bien sûr! Mais comment trouvez-vous que ça m'aille?

— Ma foi! Général, presque aussi bien qu'à SALIS.

— Vive l'Empereur!

507 — Le Clos des âmes. (Autographe d'Albert TINCHANT.)

508 — L'Oiseau des forêts, des champs, oiseau fou. (Autographe de Louis MARSOLLEAU.)

509 — Le Chat noir porte bonheur. Voilà pouquoi les femmes brunes sont recherchées. (Autographe de Marthe LIP.)

510 — Le Chat. (Autographe de Louis DENISE.)

511 — Le cheval susceptible.

512 — Le Chat vexé.

513 — Chat noir.

514 — Chat blanc.

515 — Les Singes et la carotte.

516 — Horrible fin de Bazouge ou les suites funestes de l'intempérance.

517 — Les Tribulations du berger L'Aubepin.

518 — Mac'Nab chantant les poëles mobiles.

519 — Charité bien ordonnée.

520 - - Chats et souris.

521 — Au Clair de la lune. (Drame sombre.)

522 — Léon-Léa, le Papillon et la Rose-thé. (Fable Japonaise)

523 — La Mouche.

524 — Dernier balottage.

525 — Les Deux cochers.

526 — Impressions d'un lecteur.

527 — Coup de vent.

528 — Envoi au Salon..... Trop tard.

529 — ..... Vous suivrez toujours tout droit.

530 — Le Chat et la Grenouille.

531 — La Rose.

532 — La Mère aux chats.

533 — Diamant enfumé. (Encadrement pour une nouvelle de Ch. Cros.)

534 — Salis arrivant au château de Naintré.

535 — Le Roman d'un peintre.

536 — Epouvantable sinistre du Quartier Latin.

537 — Comment l'amour vient aux chats.

(Dessin reproduit hors texte dans le catalogue de luxe).

538 — La ballade du Chat noir. (Paroles et musique de Aristide BRUANT.

(Dessin reproduit hors texte dans le catalogue de luxe).

539 — Un jour d'ouverture.

540 — *Flagrants délits* : Outrage à la morale.

541 — Outrage à la Pudeur.

542 — Port d'armes prohibées.

543 — Maldonne

544 — Le Vol au Narcotique.

545 — Ce Coquin de Polichinelle.

546 — Ce Coquin de Polichinelle. (Suite).

547 — Cauchemar (autographe de JEAN MORÉAS.)

THELEM

548 — Le Cercueil élastique.

549 — Cabrion, ou le peintre d'enfants.

550 — L'adroite substitution.

551 — Fatale méprise.

552 — THEVENOT (F.). Berceuse. (Autographe de G. AURIOL).

TIRET-BOGNET

553 — — Pourquoi qu' t'y mets d' la colle derrière à c't affiche, t'en trouve pas encore assez dessus ?

— C'est d'la colle du gouvernement; celle de dessus, mon vieux, ça ne prends plus.

554 — 1875 !

555 — L'Etendard.

556 — Les armes de Salis-Samade.

557 — Soldats de Salis-Samade, régiment formé en 1754 (*d'après un document de 1772*).

558 — Soldats de Salis-Samade 1786. (*Deux dessins*.

559 — Soldats de Salis-Samade 1788 (d'après un document d'Hoffmann. (*Deux dessins*).

560 — Oh ! très chic !

561 — Nocturne.

562 — TOLOSA. Comment finissent les disputes.

UZÈS

563 — Portrait d'Henri Rivière.

564 — Chaud les marrons ! !

565 — Parisiens dormez en paix.

566 — Rencontre.

567 — L'Arroseur et le petit Patissier.

568 — Dom Léon Bloy.

569 — Le retour de Cahors. (*Dessin politique*).

570 — Il va se faire mordre.! (*Dessin politique*).

571 — Portrait de Jean Rameau.

572 — François Villon, maître perpétuel des poëtes de Paris.

573 — Dilemme.

574 — Conseils au Gouvernement.

575 — Le Guignol du *Chat Noir*.

(Dessin reproduit hors texte dans le catalogue de luxe.)

576 — Les Patineurs.

577 — Il n'y a pas de dessin cette semaine.

578 — Entrée de Salis dans sa bonne rue de Laval.

A. WILLETTE

579 — Pour le roi de Prusse. *(La Mort conduisant les soldats au Champ d'honneur).*

(Dessin reproduit hors texte dans le catalogue de luxe.)

580 — Le *Chat Noir* à Frédéric MISTRAL.

Une, deusse !
Le Midi bouge
Tout est rouge
Une, deusse !
Nous nous foutons bien d'eusse !!

(Dessin reproduit hors texte dans le catalogue de luxe.)

581 — Deux pages d'Amour. *C'était avant la Guerre...* (Encadrement double face).

582 — Le double crime des Fourneaux (Henri RIVIÈRE).

583 — Pris au Piège.

584 — John Bull au Congo.

585 — Le *Chat Noir*, boulevard Rochechouart.

586 — Sarah Barnum, *Rollina et Sarah Bernhardt. (Deux dessins sous un cadre) couverture de Sarah Barnum* par Marie COLOMBIER.

587 — La petite Georgette. (Avec autographe, signé PIERROT).

588 — Corbeau et Chats.

589 — Marianne. Dedié à notre Wilson chéri. (LOUISON).

590 — Pour amuser Colibri. *(Deux dessins)*.

591 — Monstres de Paris. Les peintres incompris. M. CAROLUS DURAND.

592 — Quand vous ne parlez pas à Dieu. (Avec autographes de Léon BLOY et de Maurice ROLLINA).

593 — Philosophie. (Autographe Ed. HARAUCOURT).

594 — Ballade de la Dame en cire. (Autographe de M. ROLLINA).

595 — A moi la blonde Fiancée (autographe de Em. GOUDEAU).

596 — Rondel. (Autographe G. HERBERT).

597 — Pour me donner une contenance je sifflais d'un air dégagé.

598 — Picciola.

599 — La mauvaise Aventure. (*Projet de couverture pour un volume* de CAMILLE DE SAINTE-CROIX).

600 — Le Veau d'or.

601 — Le Jury de peinture. (*Esquisse du tableau de* M. GERVEX.

Le Serment du jeu de l'Oie.

Le père « La Brique a dit comme ça » … Ils sont là-dedans 40 qui ont de l'esprit comme 4.

602 — Les monstres de Paris. (M. RAVAISSON).

603 — Notre-Dame de la Galette. Oh ! le Sacré-Cœur !

604 — Pierrot au *Immense hôtel.*

605 — A Mon père.

606 — La Colère du père *Duchène*.

607 — L'Ivresse de SALIS.

608 — Couverture du Monde militaire.

609 — Non de non de...

— Les étrennes de l'enfant gras. *(Deux dessins sous un même encadrement).*

610 — Six Croquis.

611 -- WILLETTE (attribué à). Charge du tableau de MANET *Olympia*.

612 — INCONNU. Quatre dessins. CARNOT.

AQUARELLES

G. AURIOL

613 — Lavandière. (En marge autographe de CH. CROS). Éventail.

614 — Coup de vent. Éventail.

615 — Femme Directoire. Éventail.

616 — Ophélie.

617 — Iris.

618 — Chrysanthèmes. Éventail.

619 — Pivoines. Éventail.

620 — Programme du grrrrand concert de bienfaisance, soirée du 23 mars 1888.

CARAN D'ACHE

621 — Baron Jérome Bombardier, Général de division, Membre de la Légion d'Honneur. (*Très curieuse aquarelle rappelant les anciennes gravures en couleurs*).

622 — Officiers Prussiens.

623 — Type de Soldats Allemands.

GRASSET

624 — Le Rideau du *Chat Noir*.

625 — Projet de *Chat Noir*, élévation.

626 — Projet de *Chat Noir*, coupe.

627 — Projet de Cheminée, pour le *Chat Noir*.

628 — JOUARD (H.). Maison de Village.

629 — LEANDRE (C.). Les Crêpes, 1895.

MERY (A.)

630 — Sganarelle, (avec autographe de Louis Marsolleau).

631 — Combat de Poussins.

632 — Eventail.

633 — Poulets et Poupée japonaise.

(Aquarelle reproduite hors texte dans le catalogue de luxe).

634 — Poussin et Canetons.

635 — Poules et Coqs.

636 — Czardàs des Oiseaux. (Musique avec autographe de Ch. de Sivry).

637 — Têtes de Poulets.

638 — MERWART (Paul). La Barrière, et *deux dessins à la plume*

639 — MORIN (Louis). Les Amours de Gilles.

640 — PILLE (H.). La Mort de César.

(Aquarelle reproduite hors texte dans le catalogue de luxe).

641 — Retour de Bal masqué.

Retour de Bal masqué. (Suite).

642 — RIVIÈRE (H.). Église de Bretagne. (*Pastel*).

643 — Les Bords de la Seine. (*Pastel*).

644 — STEINLEN. Au Balcon, le Soir.

645 — WAGNER (THÉO-PIERRE). Une Répétition au Cirque Molier.

DESSINS ORIGINAUX

AYANT SERVI A ILLUSTRER LES

Contes du Chat Noir

646 — M. CAPY. Huit dessins.
Deux dessins

647 — DEPAQUIT. Un dessin.

FAU (F.)

648 — Six dessins.

649 — Sept dessins.

650 — Série de sept dessins.

651 — Série de sept dessins (1 bristol).

652 — Onze dessins.

653 — Quatre dessins.

654 — Huit dessins.

655 — Neuf dessins.

656 — Huit dessins.

657 — GODEFROY. Quatre dessins.

658 — HENRICUS. Sept dessins.
Six dessins.

659 — POITEVIN. Neuf dessins.

660 — RADIGUET. Treize dessins.

UZÈS

661 — Six dessins.

662 — Quatre croquis.

663 — SAINT-MAURICE. Deux dessins.

664 — ROBIDA. Deux dessins.

665 — ROEDEL. Un dessin.

ROBIDA

666 — L'aveu.

667 — Fiançailles.

668 — STEINLEN. Trois dessins.

RIVIÈRE

669 — Huit dessins (sous un cadre).

670 — Sept dessins (sous un cadre).

671 — Trois dessins (sous un cadre).

672 — Quatre dessins.

673 — Six dessins.

674 — Sept dessins.

675 — Cinq dessins.

676 — Trois dessins.

677 — Croquis divers.

E. VINCENT

678 — Six dessins.

Quatre dessins.

PIÈCES D'OMBRES

MORIN (Louis)

679 — Le Prestige de la moustache.

680 — Deux dessins (silhouettes), pour le théâtre d'ombres.

681 — PILLE. Pièce d'ombre inédite.

682 — STEINLEN. Cléo de Mérode (*Cinq dessins*).

LITHOGRAPHIES, ESTAMPES

EAUX-FORTES

ÉPREUVES AVANT LA LETTRE

683 — AURIOL (G.) Sous bois (Épreuve en couleurs).

BELLENGER (G.).

684 — Apothéose. (Signé).

685 — Femme nue.

686 — Cinq épreuves, illustrations de Nana. (Epreuves signées).

687 —BROWN (JOHN LÉWIS.) Eau-forte. Cavalier, cavalière. (Epreuve avant la lettre).

688 — CARAN D'ACHE. Quatre épreuves.

689 — DESBOUTINS (M.). Eau-forte, portrait de l'auteur.

690 — LÉVY DORVILLE. Eau-forte. (Épreuve signée).

691 — GÉROME. Le Sphinx. (Épreuve signée et dédiée à M. SALIS.)

692 — GILL (ANDRÉ). Deux épreuves.

693 — GROUX (HENRI DE). Grand duc. (Épreuve à Rodolphe SALIS, signé)

694 — IBELS. Les programmes du Théâtre-Libre *(Encartage n° 66 contenant huit épreuves signées)*.

695 — JEANNIOT. Trois épreuves.

696 — LAURENS (J.-P.) Lithographie.

697 — MÉRY (A.). Sept épreuves.

698 — PILLE (H.). Quatre épreuves.

699 — POINT (ARMAND). Trois eaux-fortes. (Épreuves signées).

RIVIÈRE (H.).

700 — Bateaux de pêche.(Épreuve en couleurs).

701 — La Seine à Paris. (Épreuve en couleurs).

702 — Onze épreuves.

703 — MANUEL ROBBE. La lecture. (Epreuve signée).

704 — ROBIDA. Deux épreuves.

705 — ROPS (F.). Tête de Tzigane. *Erre en paix. Eternel Indompté!* (Epreuve avant la lettre, signée et annotée de l'auteur).

SOMM (H.).

706 — Deux pointes sèches.

707 — Almanach 1891.

708 — Pointe sèche, signée. (A l'ami SALIS).

709 — Tête de femme. (Epreuve signée).

710 — Calendrier, pointe sèche. (Epreuve signée).

711 — Trois épreuves.

WAGNER (T. P.).

712 — Vague lumineuse.

713 — Vague lumineuse.

714 — L'Ile de la fée.

715 — Caresses.

716 — La loge des Clowns.

WILLETTE (A.).

717 — La mort de Pierrot.

718 — Israël and Co.

719 — J'attends mes amants.

720 — — Dis moi, Salis, t'en souviens tu, de Pierrot, dis-moi, t'en souviens-tu. (*Epreuve signée*).

721 — Six épreuves.

722 — DIVERS. Croquis et Etudes. (*Ce lot sera divisé.*)

DIVERS

723 — Têtes de chats. (Reproductions de l'original de Charpentier).

724 — Affiches illustrées.

725 — Objets omis.

CARTE D'INVITATION
POUR
L'EXPOSITION PARTICULIÈRE
DU
Dimanche 15 Mai 1898
DE 2 HEURES A 6 HEURES
HOTEL DROUOT, SALLE N° 1

COLLECTION

du CHAT NOIR

" RODOLPHE SALIS "

Dessins originaux, Tableaux, Aquarelles

LITHOGRAPHIES, EAUX-FORTES

DONT LA **VENTE APRÈS DÉCÈS** AURA LIEU

Les Lundi 16, Mardi 17, Mercredi 18 et Vendredi 20 Mai 1898, à 2 heures 1/4

Mᵉ JULES GUILLET	**M. F. CUÉREL**
COMMISSAIRE-PRISEUR	PEINTRE-EXPERT
34, Rue Baudin, 34	10, Rue Eugène-Süe, 10

Chez lesquels se distribue le Catalogue

CATALOGUE DE LUXE. PRIX : 6 FRANCS

www.ingramcontent.com/pod-product-compliance
Ingram Content Group UK Ltd.
Pitfield, Milton Keynes, MK11 3LW, UK
UKHW021556260726
13993UKWH00002B/875